GERMAINE

OU

LA VIERGE DE PIBRAC

GERMAINE

OU

LA VIERGE DE PIBRAC

Je veux chanter la merveilleuse histoire
De tes vertus, qu'admire l'univers,
Et raconter, Germaine, dans mes vers,
Comment le Dieu qui te comble de gloire,
Ressuscitant parmi nous ta mémoire,
A ta prière accorde des faveurs
Qui vers toi font accourir tant de cœurs!
Esprit divin, trop souvent on s'abuse,
En invoquant des dieux qui n'en sont pas;
Mais moi, je sais où s'adresse ma muse
Quand elle vient s'appuyer sur ton bras.
Soutiens, soutiens de ma reconnaissance
L'élan pieux, car mon âme, en ce jour,
En proclamant de tes saints la puissance,
Vient acquitter une dette d'amour.
Oh! oui, ton nom et celui de Marie
M'ont protégé, Germaine, tant de fois,

Que je voudrais, pour raconter ta vie,
Qu'un séraphin, ô ma sainte chérie,
Vint me prêter et son cœur et sa voix.

I

La Grâce.

Le Ciel voulait qu'une simple bergère
Par ses vertus, chez nous aux yeux de tous,
Comme autrefois Geneviève à Nanterre,
Vint rayonner de l'éclat le plus doux.
Près de tes murs, ô Toulouse la sainte,
Il a choisi pour Germaine un hameau.
Pibrac verra, dans sa modeste enceinte,
A cette vierge élever un berceau;
Il y verra son glorieux tombeau.
D'un vieux castel le donjon séculaire
Abritera ce champêtre séjour.
Là, des Pibrac le plus célèbre, un jour,
Après avoir pris part à mainte affaire,
Rendra son nom en tous lieux populaire,
Eternisé par ses quatrains moraux [1].

C'était l'époque où Thérèse, en sa gloire,
Par ses vertus, ses immenses travaux,
D'un vif éclat entourant sa mémoire,
Allait entrer dans l'éternel repos.
Germaine vint; au banquet de la vie
Elle devait avoir petite part.

[1] Gui du Faur, seigneur de Pibrac.

Vingt ans à peine, à ce monde ravie,
L'heure devra sonner pour son départ.
Enfant malingre et frêle créature,
Dès son aurore on prévit son déclin,
Et Dieu voulut qu'à cette âme si pure
Echût un corps qui courait vers sa fin.
Du moins alors, par les soins d'une mère,
Qui de Marie eut le nom et le cœur,
Cette existence amoindrie, éphémère,
Put rencontrer un instant de bonheur.
Dans son enfant, cette femme pieuse
Sut deviner qu'elle avait un trésor ;
Elle soigna la pauvre scrofuleuse,
Mieux que n'eût fait une âme ambitieuse
A qui l'on eût promis un monceau d'or.
De son époux, sur leur fille souffrante,
Elle attira les regards et l'amour ;
En la voyant douce et compatissante,
Laurent [1] devint patient à son tour.
Enfant bénie, ah! souris à ta mère,
Et, pour les soins qu'elle t'a départis,
De ton amour rends la bien vite fière ;
Ses jours, hélas! sont comptés et finis.
Mon Dieu, pourquoi sitôt ravir cet ange
A l'être aimé qu'elle soigne si bien?
Ah! je comprends; tu veux faire un échange.
Ta main enlève à Germaine un soutien ;
Mais tu sauras, en la gardant toi-même,

---

[1] Laurent Cousin.

Montrer à tous la force de ton bras,
Et lui donner, dans sa misère extrême, —
Le plus brillant des destins ici-bas.
Marie, il faut qu'au ciel Dieu te retire,
Pour que, chez toi, ton angélique enfant,
De tous les maux à la fois triomphant,
Dans les fureurs d'une femme en délire
Puisse trouver l'élément d'un martyre
Plus long, plus dur qu'un martyre de sang.
Laurent a cru lui donner une mère;
Mais, que le ciel pardonne à son erreur!
Chez lui je vois entrer une mégère;
Pour sa Germaine elle sera sans cœur.
Les cris, les coups, les plus sales injures
Accompagnaient le morceau de pain noir
Que dans ses mains innocentes et pures
On déposait le matin et le soir.
Ne pouvant plus supporter sa présence,
L'affreuse mère exila dans les champs
Cet ange, au cœur tout plein d'obéissance,
Qui s'en vengeait par des soins plus touchants.
Mais c'est en vain; ses bontés, sa tendresse
Ne pourront rien sur ce cœur de tigresse.
Il lui faudra, l'hiver, porter ses pas,
Comme ferait le plus vil mercenaire,
Dès que le jour à peine encore éclaire,
Jusqu'à la nuit, au milieu des frimas,
Et, sous les coups d'une bise éternelle,
Suivre un troupeau qui grelotte avec elle.

Ah! si du moins, chaque soir, au retour,
Quand du foyer la flamme pétillante
Vient réjouir la famille tremblante,
Elle pouvait y paraître à son tour.
Mais une voix a dit: Qu'elle s'en aille!
Bien vite il faut, dans un coin, sur la paille,
Sur des sarments qui ne réchauffent pas,
Qu'humide encor d'une eau torrentielle
Elle s'endorme, inoculant en elle,
Avant le temps, les germes du trépas.

O douce enfant, à Bethléem, l'étable
Où fut reçu si pauvrement Jésus,
Présentait-elle un dénûment semblable
Et pouvait-on vraiment y souffrir plus?
Ah! là, du moins, par leur puissante haleine
Un âne, un bœuf, couchés près du Sauveur,
Du saint Enfant diminuant la peine,
D'un froid mortel tempéraient la rigueur;
Et puis, les soins de la plus tendre mère
N'étaient-ils pas, au sein de la misère,
Comme un trésor, le plus riche de tous?

Dans ton réduit, Germaine, la froidure
Sera pour toi piquante outre mesure;
Et cette mère, aux soins jadis si doux,
Elle n'est plus à côté de sa fille!
Une autre a pris sa place en sa famille,
Sans prendre, hélas! ni ses soins ni son cœur.
Ah! dors pourtant, malgré cette souffrance;
Dors, dans les bras de ton obéissance,

Sous le regard paternel du Seigneur,
Ne croyez pas qu'à son réveil Germaine, —
Portant encor les traces de sa peine,
Vint présenter un visage chagrin.
Loin que son cœur ait appris à maudire,
Elle ne sait que bénir et sourire ;
Les saints toujours passent par ce chemin.
Oh! voyez-la, malgré tant de souffrances,
Multiplier pour tous ses prévenances,
Quoiqu'un public, qui ne la comprend pas,
Loin d'admirer, souvent la raille, hélas!
Mais dans les champs, pour la pauvre bergère,
Il est des jours charmants et radieux,
Où son cœur peut, oubliant sa misère,
Se délecter, en contemplant les cieux.
Germaine sait lire dans la nature ;
La moindre fleur lui parle de son Dieu.
C'est le secret d'une âme toujours pure
D'entendre Dieu, de le voir en tout lieu.
Rien ne lui plaît comme la solitude.
Là, tout devient l'objet de son étude ;
Et le grand arbre, et les petits oiseaux,
L'éblouissant éclat de leur plumage,
Les sons divers de leur si doux ramage,
Tout est pour elle, au dire d'Augustin,
Comme un appel que lui fait de la main
Le Dieu si bon, qui semble lui sourire,
Et sur son cœur, comme un père, l'attire.
Mais si les champs lui sont un paradis,

Il est pour elle encore une oasis
Dans le désert de cette pauvre terre ;
Vous nommez tous la maison de prière.
Oh ! oui, l'église et son sacré parvis,
Voilà, Germaine, où ton âme angélique
Saura trouver son bonheur souverain,
Quand, t'asseyant à la table mystique,
Dans le banquet divin, eucharistique,
Sous l'apparence et la forme du pain,
Tu recevras, dans des transports d'ivresse
Et dans l'élan d'une sainte ferveur,
Le Dieu qui veut réjouir ta jeunesse.
Mais qui dira jusqu'où va ce bonheur,
Lorsque, passant aux autels de Marie,
Les bras croisés sur ta poitrine en feu,
Et dans l'amour de ton Jésus ravie,
Tu viens offrir par elle, en ce saint lieu,
Ton avenir et ton cœur à ce Dieu,
Qui te possède et qui te déifie ?
     Pourtant il faut du Thabor, douce enfant,
Descendre vite et revoir ton Calvaire.
Viens, viens souffrir avec Jésus souffrant
Et lui montrer combien tu sais lui plaire.
Ah ! dans ce temple où t'attend le Seigneur,
Après des jours de travail, de tempêtes,
Quand brilleront les dimanches, les fêtes,
Tu reviendras près du divin Pasteur ;
Et puis, souvent le long de la semaine,
Quand parlera cette cloche lointaine,

T'agenouillant aux sons de l'*Angelus*,
Tu penseras à Marie, à Jésus.

Suivons des yeux notre vierge si bonne
Dans ce hameau qu'embaume sa vertu ;
Sa voix ne sait refuser à personne
Un bon conseil, un doux mot qui résonne,
Pour relever le courage abattu.
Pauvre elle-même, elle est la providence
De l'indigent en ses jours de souffrance ;
Mais quand sa main soigne les malheureux,
Ce n'est jamais sans dire un mot des cieux ;
Les cieux! c'est là qu'elle voudrait conduire
Ceux devant qui sa vertu vient reluire ;
C'est là surtout qu'elle pousse, nombreux,
Ces jeunes cœurs, accourus autour d'elle
Pour t'écouter, ô Sagesse éternelle,
Dans les leçons qu'elle donne à leur foi.
Germaine sait si bien parler de toi!
Mais en formant la vieillesse et l'enfance
Si haut que puisse aller son éloquence,
Plus haut encor la voix de ses vertus
Monte en prêchant à tous le bon Jésus.

Pourquoi faut-il qu'une si belle vie
Aille déjà s'éteindre pour toujours ?
Pourquoi faut-il qu'une si pure hostie
Trouve sitôt le dernier de ses jours ?
La foi répond (ses paroles sont belles,
En l'écoutant nous sécherons nos pleurs) :
« C'est qu'il vous faut, collines éternelles,

» Pour vous parer, là haut, de blanches fleurs ;
» C'est que déjà le Soleil de justice
» A su mûrir, pour la table de Dieu,
» Un fruit qu'il faut conserver en un lieu
» Où n'atteint pas du monde la malice··»

Pars donc, enfant! colombe, prends ton vol,
Eloigne-toi des fanges de ce sol.
Grâce au rameau, délicieux embleme,
Qui sur ton front se roule en diadème,
Et des vertus de Germaine fait foi,
L'arche du ciel s'ouvrira devant toi.

Mais sur quel lit vas-tu, vierge si sainte,
Te reposer pour ton dernier soupir ?
Je t'aperçois dans cette même enceinte
Où sur le bois nous t'avons vu dormir.
Jésus n'eut point, à sa mort, d'autre couche ;
Ce souvenir me console et me touche;
Il est si doux comme lui de souffrir !
Mais tu ne sais peut-être pas toi-même,
En ce moment solennel et suprême,
Que l'Epoux vient et s'approche à grands pas,
Que tout pour toi va finir ici-bas.
Personne, hélas! près de ce lit ne veille ;
Elle s'endort, mais sans croire au trépas.
Cieux, ouvrez-vous !.. Quand Germaine s'éveille,
O doux moment! ô surprise! ô merveille!
Elle est, mon Dieu, pour toujours, dans tes bras.

II

La Gloire.

Un demi-siècle a passé sur sa bière ;
Hélas ! les cœurs, volages, oublieux,
Ne songent plus au parfum qu'en ces lieux
Laissa jadis un ange de la terre,
Prenant son vol loin de ce froid vallon.
Qui pense encore à Germaine ? son nom,
Ecrit au ciel, ne l'est plus dans ce monde.
On se souvient des reines et des rois ;
Mais cette enfant, si petite autrefois,
Gît tristement, dans une nuit profonde.
   Consolons-nous ; le moment du bon Dieu
Va révéler sa gloire ici, dans peu.
   On vient d'ouvrir comme au hasard la terre,
Pour déposer un cadavre nouveau.
Arrête-toi, fossoyeur ! quel mystère !
Je vois un corps dans sa fraîcheur première ;
On dirait presque un enfant au berceau.
Accourez tous ; contemplez ce visage
Qui semble encor sourire avec amour ;
Et mille voix répètent, au village : ·
Dieu soit béni ; ce jour est un grand jour.
Oui, c'est bien là notre douce Germaine,
Dans ses habits comme elle conservés,
De vie encore on dirait qu'elle est pleine.
Ce grand prodige, oh ! je l'admets sans peine.

Souvent, mon Dieu, les saints par toi sauvés,
Malgré les vers, malgré la pourriture,
Contre les lois enfin de la nature,
Dans leur tombeau, par ta protection,
Se sont soustraits à la corruption.

A ce miracle on est heureux dé croire,
Et le public a repris sa mémoire.
Venez, vieillards, et qu'ici votre voix,
Fidèle écho des choses d'autrefois,
Disent comment, même pendant sa vie,
Dans plus d'un fait, par vos bouches cité,
Parut déjà riche de sainteté,
L'enfant que Dieu dans ce jour glorifie.

« C'était, dit l'un, dans un hiver affreux
On ne voyait partout que malheureux.
Chacun allant à Germaine la sainte,
Elle écoutait la prière, la plainte,
Et dans son cœur savait trouver pour tous
Un bon conseil et les mots les plus doux.
Puis, de son pain leur faisant le partage,
Comme à Jésus, dont ils étaient l'image,
Elle donnait à chacun un morceau;
Je crois encor contempler ce tableau.

Mais la marâtre était là, triste et sombre,
Qui l'observait en se cachant dans l'ombre.
Un jour Germaine (il me semble la voir;
C'était tout près du village, le soir);
D'un bon veillard écoutant la prière,
Pour soulager sa profonde misère,

Mettait la main au fond du tablier
Que, devant elle, en fille de ménage,
Pour y placer maintes choses d'usage,
Elle savait relever et lier ;
Quand la marâtre, accourant avec rage,
Les yeux en feu, le bâton à la main,
A ses côtés se présente soudain.
— C'est donc ainsi que ma maison s'écoule,
Que tu nourris de mon pain cette foule! —
Non, ce n'est pas, marâtre, de ton pain,
Mais c'est du sien qu'elle donne les restes.
N'achève point tes vengeances funestes....
Hélas! hélas! nous la prêchons en vain.
Sur l'innocente enfant le bâton frappe ;
Le tablier se déroule et s'échappe :
— Nous allons voir les fruits de 'ton larcin,
Dit-elle ; il faut que cela prenne fin. —
Mais, ô merveille! on voit tomber des roses
Que l'on croirait toutes fraîches, écloses.
Des roses! oui! Pourtant les fleurs n'ont pas,
En plein hiver, de semblables appas.
Ah! c'est qu'ici Dieu veut, dans son langage,
Rendre à Germaine un éclatant hommage. »

Merci, vieillard. — Un autre, au même instant,
S'avance et dit : « Ecoutez mon histoire ;
Digne de foi, vous pouvez tous me croire.

Près des sentiers où Germaine souvent
A ses brebis cherchait un pâturage
Est un ruisseau, que quelquefois l'orage

Grossit au point que, devenu torrent,
On ne le peut franchir impunément.
Mais pour aller à l'église voisine
Qui s'aperçoit au baut de la colline,
Il faut pourtant braver ses grandes eaux,
Pour accourir vers le Dieu qui l'attire,
Germaine sait triompher de ses flots.
Je ne pourrais vraiment ici vous dire
Si sous ses pas le torrent se retire
Comme la mer sous les pas des Hébreux,
Ou si, pour elle, un ange vient des cieux,
Nul n'a jamais expliqué ce mystère;
J'en ai la clef, Germaine, en ta prière.

Mais voulez-vous un prodige nouveau?
Pendant le temps de sa rapide absence,
Qui veillera sur le petit troupeau?
Dieu s'est chargé de cette surveillance;
Nul mieux que lui ne sait être pasteur.
A son enfant il dit, au fond du cœur :
Va visiter, là haut, mon sanctuaire,
Germaine; ici le protecteur c'est moi,
Et tu t'en peux reposer sur ma foi.
Tout aussitôt, notre douce bergère,
Sur la brebis à son cœur la plus chère
Met sa quenouille et son léger fuseau;
Puis tout autour se range son troupeau.
Le loup en vain, dans la forêt profonde,
Hurle de faim, rugit, menace et gronde :
A tes brebis Dieu servira de mur;

Peut-il, Germaine, en être de plus sûr ? »

Et le vieillard, attendri jusqu'aux larmes,
A terminé son récit plein de charmes.

Oui, oui, croyez les prodiges d'alors,
Nous en verrons naître encor de plus forts.
Vers ce tombeau voyez comme avec peine,
Moitié perclus, ce malade se traîne ;
Et puis, cet autre apporté dans les bras
De ses amis qu'anime l'espérance
Et dont la foi précipite les pas.
Rien ne résiste à l'heureuse influence,
A la vertu qui sort de ce tombeau ;
Et chaque jour, un prodige nouveau
Vient attester, Germaine, ta puissance.
Dans leur maison, des vierges du Seigneur [1],
De la disette ont senti la rigueur.
Vers toi s'élève, ardente, leur prière,
Et le froment, multiplié soudain,
Leur a rendu l'abondance première ;
A toi, Germaine, elles devront leur pain.

N'entends-tu pas, sainte Eglise, ma mère,
Tout ce concert de louanges, d'amour ?
Ah! c'est assez donner à la prudence ;
l faut enfin que se lève le jour
,Où de ta voix la suprême puissance,
Au nom du Dieu qui te doit assistance,
En constatant ces prodiges nombreux,
Dira : Croyez que Germaine est aux cieux...

[1] Les Sœurs du Bon-Pasteur, à Bourges.

Ta voix pour nous sonne comme un oracle;
Ton infaillible et dernier jugement,
Toujours si sûr et qui jamais ne ment,
Dans chaque siècle est un vivant miracle.
Oh! parle-nous, Eglise de mon Dieu;
Parle; les cœurs chrétiens ont fait silence.
Mais je t'entends... Rome, voilà le lieu
D'où partira deux fois une sentence
Qui, par degrés, confirmant notre vœu,
Des cœurs chrétiens comblera l'espérance.

Germaine, vois; je suis à tes genoux,
Et dans mon cœur je mets les cœurs de tous.
Laisse-moi rendre ici ce témoignage
Que, dans son riche et sublime langage,
Thérèse a su, par sa plume et sa voix,
A saint Joseph rendre aussi tant de fois!
C'est que jamais de mon cœur la prière
N'a traversé, ma Germaine, ton cœur
Sans arriver, par lui, jusqu'au Seigneur.
Je l'ai senti... de ma céleste mère
Ton souvenir ne se sépare pas.
Oui, ton doux nom et celui de Marie,
Après m'avoir consolé dans ma vie,
Me soutiendront, je l'espère, au trépas.
Mais permets-moi de dire ici, Germaine,
Qu'un autre amour, avec le tien, m'enchaîne,
Et que, vers toi quand je porte les yeux
Pour contempler ta gloire dans les cieux,
Mon regard cherche aussi ma Madeleine,

Et cet ami de ma jeunesse, enfin,
Qui le sera toujours, saint Augustin.

Et maintenant, vous savez son histoire,
Oh! vous aussi, tombez à ses genoux.
A sa puissance il est si doux de croire!
De Dieu sa voix peut calmer le courroux.
Oui, venez tous, et pleins de confiance,
Pour nos péchés demandons indulgence.
Multipliant les célestes faveurs,
Germaine sauve et les corps et les cœurs.
Si vous pouvez d'un saint pèlerinage
A son autel vous donner le bonheur,
Allez, allez, dans ce petit village
Boire à longs traits les eaux de la ferveur,
Et là, tout près de ses saintes reliques,
En son honneur chanter de doux cantiques.

Mais si pour vous luit ce jour plein d'appas,
Près de Germaine, oh! ne m'oubliez pas!

A. P

— LILLE. TYP. J. LEFORT MDCCCLXVII —

— LILLE TYP J LEFORT —